岩 波 文 庫

32-435-6

シ ッ ダ ル タ

ヘ ッ セ 作
手 塚 富 雄 訳

岩 波 書 店

Hermann Hesse

SIDDHARTHA

1922

目　次

シッダルタ

第一部

尊敬する友ロマン・ロランに捧ぐ

ちちははの家

蔭《かげ》なす我が家のほとりに、日あたる川岸の小舟のかたわらに、沙羅《さら》の森、無花果《いちじく》の木蔭に、婆羅門《バラモン》の美しい子、若き鷹《たか》、シッダルタは、彼の友で同じ婆羅門の子であるゴヴィンダとともに育った。川の岸辺で、彼が沐《ゆあみ》するとき、浄《きよ》めのすすぎを行うとき、聖なる犠牲を捧げるとき、日は彼のかがやかな肩の肌を褐色に染めた。マンゴーの森で、彼が少年らしい遊びに耽《ふけ》るとき、母の歌にうっとりとするとき、聖なる犠牲を捧げるとき、学識深き彼の父の教えに耳を傾けるとき、賢者の談話の席につらなるとき、木下闇《このしたやみ》の影は彼の漆黒《しっこく》の眼に流れ入った。まことにシッダルタは、すでに幼少から賢者の談話に加わり、ゴヴィンダを相手に弁論の術をみがき、ゴヴィンダとともに瞑想《めいそう》の術、静観の勤めにはげんだ。すでに彼は声を用いることなく、言葉のうちの言葉「オーム（唵）」を発することができた、心を一点に集め、額《ひたい》をくもりなき叡智《えいち》に輝かせて、その聖語を、入る息とともに声なくしておのが内へ囁《ささや》き、吐く息とともに声なくしておのが外へ囁くことができた。すでに彼は、自己の本性の内部に、金剛不壊《こんごうふえ》にして万有と一体なる真我《アートマン》の存在を悟ることができたのだ。

この子、教えを受けるのにさとく、知識を求めること渇けるごときシッダルタを見る父の心には、悦《よろこ》びが湧《わ》いた。この子のうちに父は見た、未来の大いなる賢者にして祭司、婆羅門族中の王者たるべき者が生《お》い育ってくることを。

この子、シッダルタの歩み、起居《たちい》の様を眺めるとき、膂力《りょりょく》つよく美しく、細いしなやかな脚で歩みを運び、この上なくみやびに朝夕の会釈《えしゃく》をする我が子の姿に眼を送るとき、母の胸には限りない歓《よろこ》びが咲いた。

輝く額、王者の眼、細い腰してシッダルタが街々を行くとき、若き婆羅門の娘たちの心には恋がほのめきうごいた。

しかしながら、これらの誰にもまさって彼を愛したのは、彼の友で婆羅門の子であるゴヴィンダであった。彼はシッダルタの眼と親しみ深いその声を愛した、その歩み方、申し分ないみやびな挙措《きょそ》を愛した、シッダルタの行い、また口にするすべてを愛した、そして何よりも、彼の精神、彼の高い烈火の思想、熾烈《しれつ》な意志、彼の高い使命の自覚を愛した。ゴヴィンダは知っていた、この友はけっして尋常の婆羅門僧にはならないであろう、けっして無為徒然の犠牲奉献の役僧、貪欲《どんよく》な呪文《じゅもん》の商人、見栄《みえ》をかざる空疎《くうそ》な弁舌者、よこしまで企《たくら》み多い僧侶《そうりょ》、また多数の家畜の群《むれ》にまじる温良で愚かな一匹の羊にはならないであろうことを。否《いな》、そして彼、ゴヴィンダもまたこのような者、幾万となく存在する尋常の婆羅門僧になることを欲しないのであった。彼はシッダルタ、この愛する者、すぐれた者に従うことを欲した。そしていつかシッダルタが神の列に加わるとき、いつか彼が光り輝く神々の国に生を稟《う》けるとき、そのときゴヴィンダは、シッダルタの友として、その伴侶として、その従者として、その槍《やり》持つ下僕として、その影として、彼に従うことを望んだのであった。

このようにすべての者がシッダルタを愛した。すべての者にシッダルタは喜びを与えた、すべての者の心を彼は娯《たの》しませた。

しかしシッダルタは彼みずからには何の喜びも与えなかった、彼みずからの心を娯しませることはなかった。無花果の園の匂やかな路《みち》に歩みを運びつつ、黙想の森のほの青い蔭に端坐しつつ、日々の浄めの沐《ゆあみ》に身をそそぎつつ、下闇深いマンゴーの森に犠牲を供えつつ、身のこなしはあくまでみやびに、あらゆる人々に愛せられ、あらゆる人々の喜びを集めつつ、しかも彼の心には喜びの光がなかった。夢と休みない思いは、彼の心へ、川の流れから流れ来た、夜の星からきらめき来た、日の光から融《と》け来た、夢と休みない心は、彼のうちに、神に捧げる犠牲の煙からのぼって来た、リグヴェーダの詩句から匂い来た、老いた婆羅門たちの教えから滴《したた》り来た。

即ちシッダルタは自己の心に不満をつちかいはじめていたのだ。父の愛も、母の愛も、友なるゴヴィンダの愛すらも、永遠に彼に幸《さち》を与え、心の渇きをしずめ、心の飢えを充たし、彼を満足さすことはないであろうと彼は感じはじめていた。彼の敬愛する父とその他の師、慧《さと》く賢い婆羅門たちは、すでに彼に彼らの知慧《ちえ》の最大部分、最善部分を伝えたのだ、彼らは彼らの蔵する内容のことごとくを、彼の待ち受けている容器《いれもの》の中へそそぎこんだ、しかもその容器は充たされていない、叡智は満足していない、魂は安らぎを得ていない、心は渇きを静められていないことを、シッダルタはおぼろげに察知しはじめていたのだ。身を洗いすすぐことはよいことである。しかしそれは水によって洗うだけだ、それは罪を洗い浄めはしない、それは精神の渇きを癒《いや》しはしない、それは心の不安を解きほぐしはしない。犠牲を捧げ、神々に呼びかけることはすばらしいことだ——しかしそれがすべてであろうか。犠牲は人に幸福を授けるか。そしてまた神々とは?世界を創ったのは本当にプラジャーパティ(生主)であろうか。世界を創ったのは、あの真我《アートマン》、「彼」、あの唯一にして無二なる存在ではないのか。神々も、我や汝《なんじ》も、ひとしく被造のもので、時の流れに従って生滅する無常の姿ではないのか。ではかかる神々に犠牲を捧げるということは、善いことであるか、正しいことであるか。意義ある最高の行為であるか。「彼」、唯一のもの、真我《アートマン》の他に、犠牲を捧げるべきものがあろうか、崇敬を致すべきものがあろうか。そしてその真我《アートマン》はどこに見出すべきか？「彼」はどこに住み、「彼」の永遠の心臓はどこに鼓動しているのか？　それは我自身、我の内奥、各人が内に抱《いだ》く不壊なるものの中を措《お》いて、どこにあろう。しかしこの我はどこにあるのか、この内奥のもの、この究極のものはどこにあるのか。それは肉でもなく骨でもない。それは思考でもなく意識でもない、と、そう賢者の中の賢者たちは教えているのだ。どこに？　では、どこにそれはあるのだ？　そこへ、その自我へ、我へ、真我《アートマン》へ突き進むには——求め甲斐《がい》のある別の道があるのだろうか。しかも、ああ、誰もその道を示す者はいないのだ、誰もその道を知っている者はいないのだ、父も、師たる賢者たちも、そして神聖な数々の犠牲奉献歌も。いっさいのものを彼らは知っている、婆羅門たちとその聖典は。いっさいのものを彼らは知っており、いっさい、否、いっさい以上のものに彼らは意をそそいできた、世界の創造、言語や食物や呼気や吸気の発生、五官の系統、神々の行為など——無限に多くのものを彼らは知っているのだ——しかしかの一事、最も重要な、それのみが重要なかの一大事を知らずして、これらいっさいのものを知っているということが、はたして価値あることだろうか。

無論、もろもろの聖典、特にサーマヴェーダの奥義書《ウパニシャッド》の中の多くの詩書は、この最奥にして究極のものについて素晴らしい句を伝えている。「汝の心は全世界なり」とそこには書かれてある、また人間は睡眠、深い睡眠に沈んだ時に自己の最深の内性に帰り、真我《アートマン》の中に住むのだと書かれてある。驚嘆すべき知慧がこれらの詩句の中に含まれている、この上ない賢者たちのあらゆる知識がここに魔法のような不思議な言葉となって集められている、それは蜜蜂の集めた蜜のように純《きよ》らかである。そうだ、無数の世代の賢い婆羅門たちによってここに集められ保存されている巨大なる認識覚知は、けっして軽視することはできないのだ。――しかし、これらの最奥の知を、単に知り得たばかりでなくおのれに生かすことのできた婆羅門は、どこにいるだろう、そういう僧侶、賢者、もしくは贖罪者《とくざいしゃ》はどこにいるだろう。真我《アートマン》なる故国に戻ってそこに休らう至高の時を、眠りの中から、醒《さ》めた時へ、日常の生活へ、歩ごと歩ごとへ、言葉と行為へ、誘い出し現出することのできる妙《たえ》なる力をもった達人はどこにいるだろう。多くの畏敬すべき婆羅門たちをシッダルタは知っていた、中にも第一に指を屈すべきは、あの学徳高き人、何人《なんぴと》にもまさって畏敬すべき彼の父親であった。まことに彼の父は驚嘆すべき存在であった、その挙措はもの静かで品位に充ちていた、その生活は清純であった、その言葉は知慧に輝いていた、深く高貴な思想がその額には宿っていた――しかしながら、そのように知るところ多い父もはたして至上の幸福の中に住み、心の平和を得ているのであろうか、彼もまた一個の探索者、渇ける者にすぎないのではなかろうか。それゆえにこそ、彼は絶えず聖なる泉――神々への犠牲の勤め、聖典、婆羅門同士の対話などに立ち戻って、常に潤《うるお》うことのないその喉《のど》の渇きを癒さずにはいられないのではなかろうか。なぜ一点の非難の余地のない彼が日ごとに罪を洗いそそがねばならぬのであろうか、日に新たに身の浄化に努めねばならぬのであろうか。では真我《アートマン》は彼のうちに存在しないのであろうか。彼自身の心の中に本源の泉は湧き出していないのであろうか。それをこそ、その本源の泉をこそ、吾人は探し当てねばならぬのだ、自己の所有とせねばならぬのだ。その他のことはすべて当てなき探索であり、迂路《うろ》であり、迷路にすぎないのだ。

シッダルタの胸の思いはこのようなものであった。これが彼の渇きであり、彼の悩みであった。

しばしば彼はチャーンドーギヤ奥義書《ウパニシャッド》の中の言葉を口ずさんだ。「まことに、真理こその梵《ブラフマン》の名なれ——まことに、これを知る者は日々天界に通《かよ》う」と。しばしその天界は近きにあると思われた、しかもその天界にとどいたことはいまだかつてなかった、渇きのもとを消し止めたことはいまだかつてなかった。そして彼の知っているすべての賢者、彼が喜んでその教えに就く賢者の中の賢者のあいだにも、その天界にとどき、永遠の渇きのもとを消し止めた者は、一人として存在しなかった。

「ゴヴィンダよ」とシッダルタは彼の友に言った。「愛するゴヴィンダよ。ともにバンヤン樹のもとに行こう、静思の行《ぎょう》にいそしもうではないか」

彼らはバンヤン樹のもとに来、そこに座を占めた、シッダルタはここに、ゴヴィンダは二十歩を距《へだ》てて——。座につき、聖語「オーム」を発しようとしながら、シッダルタはかの詩句をくり返し呟《つぶや》いた。

オームは弓、矢は心。
梵《ブラフマン》こそその的《まと》なれ。
かならずこれを貫くべし。

静思の座にいつものとおりの一定の時間が移ったとき、ゴヴィンダは身を起こした。すでに夕刻、一日を終えて沐浴《もくよく》に身をすすぐべきときである。彼はシッダルタの名を呼んだ。シッダルタからは答えがなかった。シッダルタは思いをこらして坐していた、彼の眼は遥《はる》かに遠い的を見つめていた、舌の先端は歯の間からちらと覗《のぞ》いて、呼吸《いき》もせぬかとあやしまれた。こうして彼は坐していた、瞑想に沈み、オームを思い、彼の心の矢を梵《ブラフマン》の的に向かって放ちながら。

或るとき、沙門《しゃもん》、遍歴の禁欲者たちが、シッダルタの住む町を過ぎた。痩《や》せ乾《ひ》からびた三人の僧である、いずれも老齢でもなく若年でもなかった、肩は埃《ほこり》と血に汚れ、ほとんどおおわれていない全身は日に焼かれ、孤独につつまれ、世に容《い》れられず世を容れず、人間の世界における異邦人であり、痩せた狼《おおかみ》であった。彼らの背面からは無言の情熱、身を砕く奉仕、仮借なき捨身の熱気が吹きつけて、人の面《おもて》を打つのであった。

夕刻、観想のときが過ぎてから、シッダルタはゴヴィンダに語った。「我が友よ、明日早朝シッダルタはあの沙門たちのもとに走るのだ。シッダルタは沙門たちの群に加わるのだ」と。

この言葉を聞いてゴヴィンダの顔はさっと蒼《あお》ざめた、彼は友の不動の面持ちに、弦を離れた矢のように直進する、まげることのできない決心を読んだのだ。一目見てゴヴィンダは悟った、今や時は来た、今やシッダルタは彼の道を進むのだ、今や彼の運命の発芽は始まった、そしてまた我が運命のそれも始まったのだと。そして彼は剝《は》ぎ棄てられて乾からびた芭蕉《ばしょう》の果実の皮のように色を失った。

「おお、シッダルタ」と彼は叫んだ。「君の父上がそれを許すだろうか」

シッダルタは醒めた者が眠る者を見やるような眼差《まなざ》しを友に向けた。矢のように速く彼はゴヴィンダの心を読んだ、その苦悩とその服従とを読んだ。

「おお、ゴヴィンダ」と彼は声低く言った。「無益な言葉を費やすのは止《よ》そう。明日、夜明けとともに、わたしは沙門の生活を始めるのだ。もう何ごとも言ってくれるな」

シッダルタは、父が鞁皮《バスト》の褥《しとね》の上に端坐している部屋に入り、父の後ろに歩み寄ってじっと立ちつづけた。父が、背後の人の気配に気づくまで。かの婆羅門は口を開いた。

「お前か、シッダルタよ。何用があってここへ来たのか」

シッダルタは語った。「父上、私の失礼をお許し下さい。私は父上に私の望みを申し上げに参ったのでございます。明日この家を出て、あの禁欲者たちの群に入りとうございます。沙門になりますことが私の願いでございます。どうかこの願いをお許し下さいますように」

婆羅門は黙していた、長く長く黙していた。それゆえ、この部屋の沈黙が破れるときまでに、小窓から見える星々は移り、形姿《かたち》を変えた。言葉なく身じろぎもせず、拱手《きょうしゅ》して子は立っていた。言葉なく身じろぎもせず、褥に父は坐していた、そして空には星々が進んだ。と、父は口を開いた。

「荒々しい怒りの言葉を発することは婆羅門のすべきことではない、しかし不快がわしの心を揺さぶるのだ。二度とわしはこの願いをお前の口から聞くことを望まない」

おもむろに婆羅門は身を起こした。シッダルタは言葉なく拱手して立っていた。

「お前は何を待っているのか」と父は訊《たず》ねた。

シッダルタは言った。「父上の御承知のことでございます」

不興の心をもって父は部屋を去った、不興の心をもって彼は床《とこ》に入り、身を横たえた。

一時間の後、眠りは彼の眼に宿ろうとしないので、婆羅門は立ち上がって、あちこちを歩み、家の外に出た。小窓から彼は部屋の中を見た、とそこにはシッダルタが立っていた、拱手したまま一歩も動くことなしに。ほのかに蒼白く彼の衣はさ揺らいでいた。

不安を胸に、父は床に戻った。

一時間の後、眠りは彼の眼に宿ろうとしないので、婆羅門はまたも起き上がり、あちこちと歩みを運び、家の門辺《かどべ》に立ち、月の上《のぼ》るのを見た。小窓から彼は中を見た、とそこにはシッダルタが立っていた、一歩も動くことなく拱手したままに。そのあらわな脛《すね》には月光が差していた。憂《うれ》いを胸に、父は床を求めた。

そして彼は一時間の後、またも来た、二時間の後さらに来た、小窓から覗いてシッダルタが立っているのを見た、月光の中に、星かげのもとに、暗黒のうちに。そして時間を重ねるたびごとにくり返しくり返し来た、いつも言葉は発しなかった。そして部屋をうかがって、一歩も動かず立ちつづけている子の姿を見た、彼の胸は怒りに充ちた、不安に充ちた、気づかいに充ちた、悲しみに充ちた。

そして夜の最後の時刻、まだ東の白《しら》む以前に、彼はまたもや戻って来た、そして部屋に入って、若者の立ちつづけているのを見た、その姿は父の眼に、丈《たけ》高く、見知らぬもののように映った。

「シッダルタよ」と彼は言った。「お前は何を待っているのか」

「父上の御承知のことでございます」

「お前はいつまでも、そうして立ったまま待っているのか、朝になり昼になり夕べになるまでも」

「わたくしはこのままにして待っております」

「お前は疲れるであろう、シッダルタよ」

「わたくしは疲れてくるでありましょう」

「お前は眠りに落ちるであろう、シッダルタよ」

「わたくしは眠りに落ちることはありません」

「お前は命を失うぞ、シッダルタよ」

「わたくしは命を失うことでありましょう」

「では父に従うより、むしろ死を選ぶのか」

「シッダルタは常に父上に従ってまいりました」

「ではお前の企《くわだ》てを断念するのか」

「シッダルタは、父上の仰《おお》せられるままにいたすでありましょう」

朝の最初の光が部屋に差した。婆羅門はシッダルタの膝がかすかに揺らぐのを見た。

しかしシッダルタの顔には、些《いささ》かの揺らぎをも見ることはできなかった。遥かの彼方《かなた》にその視線はそそがれていた。そのとき父は悟った、シッダルタはもはやすでに自分のもと、家郷の中にはいないのだ、彼はすでに彼方に去ってしまったのだということを。

父はシッダルタの肩に手を置いた。

「お前は」と彼は言った。「森に行って沙門となるがよかろう。森に行ってお前がまことの幸いを見出したなら、わしのもとに来てその幸いを教えてくれ。失望を見出したなら、戻って来て再びわしと一緒に神々に仕えるがよい。では母親のところに行って接吻《せっぷん》し、お前がどこへ発《た》つのかを語れ、しかしもう時刻だ、わしは河に行って最初の沐浴を行わねばならぬのだ」

父は子の肩から手を引いて部屋を出た。歩もうとして、シッダルタは傍《わき》へよろめいた。手足をはげまし、父に稽首《けいしゅ》し、父の命令を果たすため母親のもとに行った。

彼が朝まだきの中を、一歩一歩硬直した脚を運んで、まだ人の気配のない町を離れようとしたとき、町はずれの小屋の傍から、そこにうずくまっていた影がつと立《た》ち出《い》でて、新しい遍歴者に寄り添うた――ゴヴィンダであった。

「君は来たのか」とシッダルタは言って微笑した。

「わたしは来た」ゴヴィンダは答えた。

沙門たちのもとで

その日の夕べ、彼らは苦行者たち、枯骨《ここつ》のような沙門に追いついた、そして同行の許しを乞い、服従を誓った。二人の願いは聴き入れられた。

シッダルタは自分の衣服を街頭の貧しい婆羅門僧《バラモンそう》に与えた。彼は今、ただ腰布と、身にかける土色の縫われぬ布を着けているばかりであった。彼は日にただ一度食を取った、しかもけっして煮たものを口にしなかった。彼は十五日間断食《だんじき》した。二十八日間断食した。腿《もも》の肉は失《う》せ、頬《ほお》の肉は落ちた。眼は前よりも大きく、そこからは熱烈な夢が火花を発した、乾《ひ》からびた指には爪が長くのび、頤《あご》には光沢のない髯《ひげ》が生《お》い乱れた。彼の眼差《まなざ》しは婦女に出逢っても氷のように冷たかった。町に入って美々《びび》しく着飾った人々と肩を並べるとき、彼の口は軽侮《けいぶ》にゆがんだ。彼は見た、商人が取引きするのを、王侯が狩に行くのを、喪の家の人が死者を嘆き悲しむのを、娼婦が身を売るのを、医師が患者のために苦労するのを、祭司が種蒔《たねま》きの日を定めるのを、愛人同士が愛し合うのを、母親が子に乳を与えるのを――しかもいっさいは彼の見るに価《あたい》しないものであった、いっさいは欺瞞《ぎまん》を含んでいた、いっさいは臭気——虚偽の臭気を発していた、いっさいは意義と幸福と美とを偽装していた、そしていっさいは意識されぬ腐敗であった、世界の味わいは苦かった、生は苦悩であった。

一つの目標、ただ一つの目標が、シッダルタにあった。虚《むな》しくなることである、渇きを離れ、願いを離れ、夢を離れ、悲喜を離れて虚しくなることである。自己を滅却し、「我」を脱し、心を虚しうして安静を見出し、個我を離れた瞑想《めいそう》に浸《ひた》って世界の驚異に胸を開くこと、これが彼の目標であった。「我」のいっさいが克服され死滅するとき、心の中の欲望と衝動のいっさいが黙するとき、必ずや究極のものが目醒《めざ》めるであろう、自我を脱した存在の最奥、大いなる神秘が目醒めるであろう。

黙しつつシッダルタは直射する炎熱の日を浴びて苦痛に灼《や》け、渇きに灼けて立った。そして苦痛をも渇きをも感じないまでになった。黙しつつ、彼は日夜降りつづける雨の中に立った。彼の髪からは雨つぶが凍《こご》える肩、凍える腰、凍える脚をつたわって流れた。しかもこの苦行者は、肩も脚ももはや凍えず、それらが苦痛を訴える声を失って沈黙に帰すまで立った。黙しつつ、彼は絡《から》み合う茨《いばら》の繁《しげ》みの中にうずくまった。燃える皮膚からは血がしたたり、傷からは膿《うみ》がしたたった。しかもシッダルタは身動きすることなく立った、ついに血ももはや流れず、彼がいかなるものにも刺されず、いかなる刺戟《しげき》にも熱い痛みを感ぜぬに至るまで。

シッダルタは端坐して呼吸を少なくすることを学んだ、わずかの呼吸で事足りることを学んだ、呼吸を止めることを学んだ。彼は呼吸から始めてさらに心臓の鼓動を制御することを学んだ、その鼓動を減らしてその数を少なくし、ついにはほとんど鼓動なきに至ることを学んだ。

沙門の大長老に教えられてシッダルタは新しい沙門の定めに従って滅我を修め、観想を行《ぎょう》じた。一羽の鷺《さぎ》が竹林の空を飛んだ――とシッダルタはその鷺を自己の魂の中におさめ、森と山の上空を飛び、みずからすでに鷺そのものであり、魚を食らい、鷺の飢えを飢え、鷺の叫びを叫び、鷺の死を死んだ。一匹の豹《ひょう》が砂浜に横たわっていた、とシッダルタの魂はたちまちその亡骸《なきがら》に忍び入り、死せる豹として砂浜に横たわり、ふくれ上がり、臭《にお》いを発し、腐り、鬣狗《ハイエナ》に肉を食《は》まれ、禿鷹《はげたか》に皮を剝《は》がれ、骸骨となり、塵《ちり》となり、広野へと飛び散った。そして再びシッダルタの魂はもとに戻った。それはすでに一《ひと》たび死滅し、腐り、塵と化し、輪廻《りんね》の物悲しい陶酔を味わってきたものである。そして再び、新しき渇きに駆られて、輪廻の輪から脱《のが》れうべき隙間、因果の鎖が終わり、悩みなき永劫が始まるべき隙間を、猟師のように狙《ねら》うのであった。彼は五官の覚えを殺し、記憶を殺し、自我を脱け出て数限りない他の形像に忍び入り、獣となり、腐肉となり、石となり、木となり、水となった。そしてそのたびごとに再び目醒めてまたその自己を見出した。日は照り、月は輝いていた、彼は再び彼であった。輪廻の中をめぐり、渇きを覚え、渇きに克《か》った。そしてまた別の新しい渇きを覚えた。

多くのことをシッダルタは沙門たちのもとで学んだ、自我を脱する多くの道程を学んだ。彼は苦痛による滅我の道、苦痛、飢え、渇き、疲れの甘受と克服による滅我の道を歩んだ。彼は瞑想による滅我の道、思いを絶し観念を絶した無念無想の行《ぎょう》による滅我の道を歩んだ。これらの道、その他の道を彼は学んだ、千度《ちたび》彼は彼の自我を離れ、幾時、幾日、非我の境に住んだ。しかもそれらの道は自我を離れて彼方《かなた》へと通じてはいたが、その果ては常に必ず自我に帰った。千度自我を逃れ、無に住み、獣に、石に住んだが、しかも自我への復帰は避けることができなかった、日光に、はた月光に、雲の中に、雨の中に、自我を見出す時間の戻ることは免《まぬか》れなかった、彼は再び彼であり、シッダルタであり、逃れがたい輪廻の苦しみを味わわなければならなかった。

彼のかたわらには彼の影、ゴヴィンダがつき添うていた、彼と同じ道を歩み、彼と同じ労苦に身を委《ゆだ》ねた、二人は勤行《ごんぎょう》と修行とが求めること以外はほとんど言葉をかわさなかった。ときとして彼らはうち連れて、おのれのため師のために食を乞うべく、村々を托鉢《たくはつ》した。

「君はどう思う？　ゴヴィンダよ」と、そういう托鉢の途上で、或るときシッダルタは口を開いた。「君はどう思う、我々の歩みは進んだであろうか。我々は目標に達しただろうか」

ゴヴィンダは答えて言った。「我々は多くのことを学んだ、そしてさらに多くのことを学びつづけるだろう。君は偉大な沙門の身となろう、シッダルタよ、またたく間に君はあらゆる行を修得した。しばしば長老たちも君に驚嘆した。君はいつか聖者となろう、おお、シッダルタよ」

シッダルタは語った。「友よ、わたしはそう思わないのだ。わたしがこんにちに至るまで沙門たちのもとで学んできたことは、おお、ゴヴィンダよ、もっと早くもっとたやすく学び覚える道もあったのだ、友よ、それは娼婦の町の居酒屋で、馭者《ぎょしゃ》や賭博者たちに立ちまじって、学び覚えることもできたのだ」

ゴヴィンダは言った。「シッダルタはわたしをからかうつもりだろう。どうして君は瞑想を、呼吸の停止を、飢えや苦痛に対する無感覚を、そんな賤《いや》しい場所の賤しい者たちのところで学び覚えることができよう」

そのときシッダルタは声低く言った。あたかも自分自身に語るように。「瞑想とは何であろう。肉体を離脱するとは何であろう。断食とは何であろう。呼吸の停止とは何であろう。それは自我からの逃避なのだ。我である苦しみからのしばしの脱離、生の苦痛と無意識とに対するしばしの麻痺にすぎないのだ。これと同じ逃避、同じしばしの麻痺は、旅籠屋《はたごや》で数椀《すうわん》の濁り酒や椰子酒《やししゅ》を傾ける牛追いすらも見出すことができるのだ。そのとき牛追いはもはや彼の自我を感ぜず、生の苦痛を感ぜず、しばしの麻痺陶酔を見出すのだ。彼は酒杯《さかずき》の上にまどろみながら、シッダルタやゴヴィンダが長い修行を経て肉体を離脱し、非我の中に住むときに見出すのと同じものを見出すのだ、それが真相なのだ、ゴヴィンダよ」

ゴヴィンダは言った。「友よ、君はそう言う。しかも君は知っている、シッダルタが牛追いでなく、沙門が酔いどれでないことを。なるほど、酒を飲む者は麻痺陶酔し、しばしの逃避と休息を味わいはする。しかし、彼はまたその夢から醒めていっさいが元どおりであることを見出すのだ、彼は賢くなってもいず、知識を増してもいず、幾段の向上をも示してはいないのだ」

そのときシッダルタは微笑とともに言った。「それはわたしにはわからない、わたしは酔いどれだったことはないのだから。しかし、わたし、このシッダルタが、わたしの苦行と瞑想の中に見出すものは、ただしばらくの陶酔にすぎず、わたしが叡智《えいち》と解脱《げだつ》とから距《へだ》たっていることは、母胎の中の嬰児《えいじ》と選ぶところがないということ、そのことをわたしは知っているのだ、おお、ゴヴィンダよ、わたしはそれを知っているのだ」

さらにまた或るとき、シッダルタがゴヴィンダとともに森を離れて、友や師のために食を乞いに村に赴《おもむ》いたとき、シッダルタは口を開いた。「どう思うか？　おお、ゴヴィンダよ。我々は正しい道を進んでいるのだろうか。我々は認識に近づいているのだろうか。解脱に近づいているのだろうか。ことによれば、我々は輪の中を巡《めぐ》り歩いているのではなかろうか――しかも輪廻を脱しようとするのが我々の志であったのに」

ゴヴィンダは言った。「多くのことをすでに我々は学んだ、シッダルタよ、そしてなお多くの学ぶべきことが残っている。我々は輪の中を巡り歩いているのではない、我々は上へ上へと進んでいるのだ、輪とは即ち螺旋《らせん》なのだ、そして我々はすでに幾段階ものぼったのだ」

シッダルタは答えた。「沙門の中の最も年老いたかの人、我々の老いたる師の君をおよそ何歳と君は見るか」

ゴヴィンダは言った。「おそらく我々の老師は齢《よわい》六十を数えていることだろう」

それに対してシッダルタは言った。「齢六十に彼はなった、しかも涅槃《ねはん》に達してはいないのだ。彼はさらに七十になり八十になるだろう、そして君もわたしもやがて同じ年齢に達し、なお行《ぎょう》をつづけ、断食し、瞑想を凝らすことだろう。しかし涅槃には達することがないだろう。老師も、我々も、おお、ゴヴィンダよ、わたしは信ずる、この世に生きるありとあらゆる沙門のうち、おそらく一人も、ただの一人も、涅槃に達する者はないだろう。我々は慰藉《いしゃ》を見出し、陶酔を見出す。我々はおのれを欺く技能を覚える。しかし最も本質的なもの、道の中の道を、我々が見出すことはけっしてないのだ」

「君よ、どうか」とゴヴィンダは言った。「そのような怖ろしい言葉を発することはやめてくれ、シッダルタよ。あれほど多くの学識ある人たち、あれほど多くの婆羅門たち、あれほど多くの道心堅固《けんご》の敬うべき長老たち、あれほど多くの熱烈な求道者《ぐどうしゃ》たち、あれほど多くの聖なる人々がおりながら、どうしてただ一人も道の中の道を見出せないことがあり得ようか」

しかしシッダルタはなかば悲しみを、なかば嘲《あざけ》りを含む声で言った、どこかに悲しみの響きを帯び、どこかに嘲りの響きを帯びる低い声音《こわね》で言った。「ほどなく、ゴヴィンダよ、君の友は、これほど長く君とともに歩んで来たこの沙門の道を棄てるであろう。わたしは渇きに悩んでいる、おお、ゴヴィンダよ、そしてこの長きにわたって歩んで来た沙門の道によって、わたしの渇きは少しもそのはげしさを減じてはいないのだ。常にわたしは認識を求めて渇いていた。常にわたしは疑問に充たされていた。年々わたしは婆羅門たちに訊《たず》ねた。年々聖なるヴェーダに訊ねた。おそらくは、おお、ゴヴィンダよ、犀鳥《さいちょう》に訊ね、黒猩々《くろしょうじょう》に訊ねるのも、それに劣らず賢明で適切だったろうにと思われる。多くの時間をわたしは費やした、しかもわたしは、おお、ゴヴィンダよ、『人は何ものをも学ぶこと能《あた》わず』という一語さえまだ学びおおせてはいないのだ。わたしは信ずる、あの『学ぶ』と呼ばれていることは、事実は存在していないのだ。おお、友よ、あるものはただ一つの知のみだ、それは遍在する、それは即ち真我《アートマン》だ、それはわたしの中に、君の中に、そしてあらゆるものの中に存在する、そしてわたしはいま次のように思いはじめている、この知に対する最悪の敵は即ち『知を求める心』『学ぶ』ことにほかならぬのだと」

それを聞いてゴヴィンダは立ち止まり、両手を挙げて言った。「シッダルタよ、そのような言葉で友なるわたしに不安を与えないでくれ。まことに、君の言葉はわたしの心の中に懼《おそ》れを呼びさますのだ。けれど君よ、考えてくれ、もしも君の言うとおりであるならば、もしもいっさいの『学び』ということがないならば、祈りの神聖はどこにあろう、婆羅門の身の尊厳は、沙門の神聖はどこにあろう。もしそうなれば、おお、シッダルタよ、地上における神聖なもの、価値高きもの、尊《とうと》むべきもの、これらいっさいはいかなることになるのだろう」

そしてゴヴィンダは一つの詩句を口ずさんだ、奥義書《ウパニシャッド》の一句であった。

心を浄《きよ》くし一念凝《こ》って
真我《アートマン》に思いを潜むる者は
言葉に尽きせぬ幸《さち》をこそ得れ。

しかしシッダルタは答えなかった。彼はゴヴィンダの言った言葉について考えていた、そしてその言葉を、究極の帰結に至るまで考えた。

「そうだ」と彼は立ったまま頭を垂れて考えた。「我らに神聖と見えたいっさいのものの中で何が将来残ることだろう。何が今も残っていることだろう。価値を現わしていることだろう」そう考えて頭を振った。

この二人の若者が沙門たちのもとに留まり苦行をともにすることも、すでに三年になろうとしていた。その頃、さまざまの経路と迂路《うろ》とを経て一つの知らせ、一つの噂《うわさ》、一つの風説が二人の耳に達した。ゴータマと呼ばれる人が出現した、彼は崇高者であり仏陀《ぶっだ》である、彼はおのれのうちに世の苦悩を克服し、輪廻転生《りんねてんしょう》の轍《わだち》を停めた、彼は弟子たちにかこまれ、説法しつつ国内を廻《めぐ》っている、所有なく家なく妻なく、身には苦行者の黄衣《こうい》をまとうているばかりである、しかも彼の額《ひたい》は明るい、至高の幸を受けているから。そして婆羅門も王侯も彼の前に身をかがめ弟子となる。そう噂は語るのであった。

この知らせ、この噂、この架空めいた物語は、ここかしこに響きわたり充ちわたった。町では婆羅門たちが、森では沙門たちが、それについて語った。くり返しくり返し、仏陀ゴータマの名は、好意をもって、また悪意をもって、賞讃につつまれ、また誹謗《ひぼう》につつまれて、この二人の若者の耳に殺到した。

たとえば、或る国に悪疫《あくえき》が猖獗《しょうけつ》したとき、なにがしの地に一人の賢者、智者が現われて、その人の言葉、息吹《いぶき》に触《ふ》れたばかりで、いかなる罹病者《りびょうしゃ》も平癒《へいゆ》するという噂が高まり、その噂はあまねく国じゅうに拡がってすべての者がそれを語り、或る者は信じ、或る者は疑い、また或る者はその賢者、救済者を見出すべくただちに旅に上《のぼ》るということがそこかしこに行われることがあるように、あの噂、ゴータマ、仏陀、釈迦族《しゃかぞく》の賢者のあの香《かぐわ》しい噂は、国の隅々まで行きわたった。「彼は」と信ずる者たちは語った。「最高の認識を把持《はじ》している、彼は彼の前生を記憶している、彼はすでに涅槃に達し、もはや輪廻の轍に戻ることなく、もはや転生形成の濁流の中に没することはないのだ」と。栄光につつまれた信じがたい多くの噂が彼について語られた、彼は奇蹟《きせき》を行なった、悪魔を降伏した、神々と言葉をまじえたなどと。しかし彼の反対者、信じない者たちは言った、このゴータマなる者は取るに足らぬ山師である、彼は日々逸楽《いつらく》の生活をおくっている、彼は犠牲を軽視し、学識なく、苦行、禁欲、いずれの経験をも積んではいないのだと。

仏陀の風説は人々の耳に甘美に響いた。その噂からは、心を捉える不思議な魅力が匂い出た。まことに世界は病んでいる、生の重荷は堪《た》えがたい――しかるに見よ、今ここに一つの泉がほとばしり出たように思われた、ここに一つの福音《ふくいん》――慰安と慈悲と高貴な約束に充ちた一つの福音が、響きわたるように思われた。仏陀の噂のとどろくすべての地、インドのあらゆる国々において、青年たちはこれに耳を傾け、憧憬《しょうけい》を感じ、希望を感じた、そして町々村々の婆羅門の子弟らは、彼、この尊者釈迦牟尼《しゃかむに》の噂をもたらすすべての遍歴者、他国の旅人を喜び迎えるのであった。

森の中の沙門たち、シッダルタ、ゴヴィンダたちにもこの噂はたえず、おもむろに、一滴一滴と伝わった、どの一滴も希望に重くふくらみ、どの一滴も疑惑に重くふくらんで。二人はあまりそれについて語り合わなかった。沙門の大長老はその噂に好意の耳を寄せてはいなかったから。このいわゆる仏陀と自称する者はかつては苦行者として森に住んでいたのであるが、やがて逸楽と世俗の生活に帰ったのである、そういうことをこの大長老は耳にした。そして彼はそれ以来このゴータマに一顧《いっこ》の価値さえ置かなかった。

「おお、シッダルタよ」と或るときゴヴィンダは友に言った。「今日わたしは村に行った、すると一人の婆羅門がわたしを招じて家に入れた、その家にはマガダ国から来た一人の婆羅門の子が居合わせたのだ、そしてその若者は彼自身の眼で仏陀を見、彼自身の耳で仏陀の説法を聴いた者であった。まことにその時わたしの胸は息も止まるほどの切ない痛みを感じた、わたしはひそかに思った。『願わくばわたしも――シッダルタとわたし、我々二人も——この覚者の口ずから教えを聴く時に恵まれんことを』と。友よ、我々もその地へ赴いて仏陀の口ずから告げる教えに耳を傾けようではないか」

シッダルタは言った。「おお、ゴヴィンダよ、いつもわたしは信じていた、ゴヴィンダは沙門のもとに留まるだろうと。いつもわたしは信じていた、六十、七十の齢を積み、沙門を飾る技術と業《わざ》の修得にどこまでも努めてゆくのが、ゴヴィンダの理想であろうと。ところがどうだ、わたしはあまりにもゴヴィンダを知ることが少なかった、あまりにもわたしは彼の心を知ることが少なかったのだ。では、最愛の友よ、君は新しい進路を取って、仏陀が教えを説いているその地へ出かけるつもりなのか」

ゴヴィンダは言った。「君は嘲笑《ちょうしょう》を好む。いかようにも嘲笑するがよい、シッダルタよ。しかし君の心の中にも、この教えを聴こうとする願い、望みが目醒めたのではなかったか。また君はいつかわたしに告げたではないか、君が沙門の道を歩むのも、もはや長いことではなかろうと」

そのときシッダルタは笑った、その響きには悲しみの影と嘲りの影の宿る彼特有の笑いであった。そして彼は言った。「いかにも、ゴヴィンダよ、いかにも君の言うとおりだ。君の記憶は正しい。しかし、同時に、わたしの言ったもう一つの言葉も記憶に呼び起こしてもらいたい、即ちわたしはこう言った、わたしは『教え』や『学び』に疑いを発し、それに飽《あ》きた、師たちの口から我々の耳に達する言葉へのわたしの信仰は乏《とぼ》しくなったのだと。しかし、よし、愛する友よ、わたしはあの教えを聴くことにしよう——じつは、あの教えの中の最も善き実は、もう我々はすでに味わってしまったのだとわたしは心ひそかに信じているのだが」

ゴヴィンダは言った。「君の決意は喜ばしい。しかし君よ、どうしてそのようなことがあり得よう。どうして聴きもしない以前にゴータマの教えが我々にその最も善き実を味わわしてしまったというようなことが?」

シッダルタは言った。「まずこの実をともに味わおうではないか、そしてその先のことは成行きにまかそう。ゴヴィンダよ、だが、我々がすでにゴータマから与えられた善き実とは、じつはこうなのだ、それは彼が我々を呼び出して沙門のもとを去らしめるということなのだ。友よ、彼がなお我々に対し他のより善き実を与えることができるかどうか、我々は焦《あせ》ることなく心静かに待とうではないか」

その日のうちにシッダルタは沙門の大長老に彼のもとを去らんとするおのが決意を打ち明けた。彼は大長老に弟子たるものにふさわしい礼儀と謙遜《けんそん》とをもってそれを打ち明けた。しかし沙門の大長老は二人の若者がともに自分のもとを離れようとするのを知って激怒した、そして声高《こわだか》に語り、荒々しい罵詈《ばり》の言葉を発した。ゴヴィンダは驚きうろたえた。しかしシッダルタはゴヴィンダの耳に口を寄せてこう囁《ささや》いた。

「さあ、では長老にお目にかけよう、わたしが多少は彼のもとで学ぶところがあったということを」

彼は魂を集中して、老沙門の顔前に立ち、その眼差しをおのが眼差しもてしかと捉え、彼を呪縛《じゅばく》し沈黙させ、無意志にし、おのが意志に従わせ、おのが要求するところを声なく静かに行えと彼に命じた。老人は声を失い、その眼は据わり、その意志は萎《な》え、両腕は垂れた、あわれにも彼はシッダルタの霊力に屈した。そしてシッダルタの思念は老沙門を意のままにした、老沙門は二人が命令することを果たさねばならなかった。かくして老人は幾度か会釈《えしゃく》の頭を下げ、祝福の身振りをし、吃《ども》りながら二人の旅の幸《さち》を願った。そして二人の若者は感謝して礼を返し、同様に幸を祈り、会釈しつつそこを立ち去った。

途中ゴヴィンダは言った。「おお、シッダルタよ、君が沙門たちのもとで学び得たことはわたしの予知していた以上だった。老いたる沙門を術にかけるのは難しいことだ、非常に難しいことだ。まことに、君があそこに留まっていたなら、君はやがて水面を歩く術をも修得したであろうに」

「わたしは水面を歩くことを望まない」とシッダルタが言った。「老いたる沙門たちがこういう術でいつまでも満足を感じておられればよいが」

ゴータマ

舎衛城《サーヴァッティ》の町では、三歳の児童も世尊仏陀《せそんぶっだ》の名を知っていた、そしていかなる家も、黙々として食を乞うゴータマの弟子たちの鉢を充たす用意をしていた。町に近く、ゴータマの最愛の滞在地、祇園《ぎおん》の林苑《りんえん》があった。これは世尊に帰依《きえ》している崇拝者、豪商アナータピンディカが、世尊とその弟子たちに献じたものであった。

若い二人の苦行者がゴータマの滞在地を求めて歩く途《みち》すがら二人に告げられた言葉や答えは、すべてこの地を指示していた。そして舎衛城《サーヴァッティ》に到着すると、二人が食を乞うて門《かど》に立った最初の家ですでに食物が施し与えられた、二人はそれを受けた、そしてシッダルタは自分らに食を施した女にこう訊《たず》ねるのであった。

「慈悲深き方よ、ものをお訊ねします。願わくば教え給え。かの無上尊、仏陀はどこにとどまっておわすか。我らは森を出た二人の沙門《しゃもん》なのです、そしてその覚者をまのあたりに見、その教えを口ずから聴かんために参ったのです」

女は言った。「森よりおいでの沙門方よ、まことにこの町こそあなた方が尋ねられるその地です。お聞き下さい、アナータピンディカの園、祇園にこそ、世尊はとどまりおわします。そこへ赴《おもむ》かれてあなた方は夜を過ごされるのがよいでしょう。その園は、世尊の口ずから御教《みおし》えを聴こうとして八方から集まる無数の人々を宿泊させることのできる広さですから」

この言葉はゴヴィンダを喜ばせた、歓喜に充ちて彼は叫んだ。「ありがたや、では我らの目的は達せられ、我らの旅は終わったのだ。けれどおっしゃって下さい、恵み深い巡礼の母よ、あなたはあの方、仏陀を御存じですか。あなたはあの方を御自身の眼で御覧になったことがあるのですか」

女は語った。「幾度となくわたくしは仏陀のお姿を拝しました。お姿を拝することができるのは珍しくはございません。仏陀は黄の衣を着けて何ごともおっしゃらず黙然と巷々《ちまたちまた》を歩かれます。そして黙然と家々の門口に立って鉢を差し出し、そして喜捨《きしゃ》に充ちた鉢を持ってまた立ち去られるのです」

喜びに我を忘れてゴヴィンダは耳を傾け、なお多くのことを訊ね、聞き出そうとした。しかしシッダルタは彼をうながし、二人は礼を述べてそこを去った。ほとんど道を訊ねるまでもなかった。なぜなら、少なからぬ遍歴者やゴータマの教団の僧たちが祇園の方向へ歩いていたから。そして、夜になって二人がそこに着くと、そこにはたえず新たに到着する人々の流れがあり、宿を請《こ》い得た人たちの叫び声や話し声がやむときがなかった。森の生活に慣れている二人の沙門は迅速にそして静かに、ねぐらを見出して朝までそこで憩《いこ》いをとった。

日の出の時となって二人は、いかに多くの人の群《むれ》、信ずる者、好奇心に駆られた者の大群がここに夜を過ごしたかを、驚きの眼をもって見た。壮麗な林苑のあらゆる径《みち》を黒衣の僧が逍遥《しょうよう》し、またあちこちの樹々《きぎ》の下に彼らは坐して、或《ある》いは静観に沈潜し、或いは法話に耽《ふけ》っていた。蜜蜂のようにうごめく人の群に充ちたこの緑樹の園は、まるで一つの町のような観を呈した。僧侶《そうりょ》の大多数は一日のうちのただ一度の食事である昼食の糧《かて》を集めるために、鉢を携《たずさ》えて町へ出て行った。覚者、仏陀その人さえも朝の托鉢行《たくはつぎょう》を営むことを常としていた。

シッダルタは彼を見た、そして神の啓示をうけたように、ただちにそれが仏陀であることを知った。シッダルタは、黄衣《こうい》をまとい鉢を手にして静かに歩を運ぶつつましき一人を見た。

「見よ」とシッダルタはゴヴィンダに声低く言った。「あの人こそ仏陀だ」

視線を凝らしてゴヴィンダはその黄衣の僧を見た、その僧はいかなる点においても他の数百の僧と変わりがないように思われた。しかしまもなくゴヴィンダもそれが仏陀であることを悟った。ただちに二人は彼の後を追いはじめた、彼から眼を放すことなしに。

仏陀はつつましく、そして思いに沈みながら歩みを運んでいた、その静かな顔は喜んでいるとも、悲しんでいるとも見えなかった、その顔はひそやかに内に向かってほほえんでいるように思われた。ほほえみを内にたたえて静かに安らかに、どこか健康な児童にも似て、仏陀は歩みを運んだ、あらゆる弟子の僧とすこしも違わず、きびしき戒律の定める衣を着け、その戒律に従って足を踏み進めた。しかしその顔《かんばせ》とその歩み、その静かに伏せた眼差《まなざ》し、静かに垂れた手、さらにその静かに垂れた手の一つ一つの指までも、平和を語り、完成を語り、作らず、倣《なら》わず、永久《とわ》の静けさ、永久の光、侵し得ない平和の中に、おだやかに息づいていた。

こうしてひそやかにゴータマは施物を集めるために町に向かって歩んで行った、そして二人の沙門は、ただその完全な安静、その静かな姿によって彼を認めるのみであった、その姿には、作るところも、欲するところも、模倣するところも、努めるところもなく、ただ光と平和があるばかりであった。

「今日我々はあの人の口ずから教えを聴くのだ」そうゴヴィンダは言った。

シッダルタは答えなかった。彼は教えに対し好奇の心を寄せてはいなかった。そこから新しいことを学び得ようとは信じていなかった。彼もゴヴィンダも、人の口より口に、さらに重ねて人の口より口に伝わった言葉によってではあるが、すでに幾度も仏陀の教えの内容は聴いていたのだ。しかし彼は一心にゴータマの頭、その肩、その足、静かに垂れた手を見つめた。そして彼には、この手の指のどの関節も教えそのものであり、真理を語り真理を呼吸し、真理を匂わせ真理を輝かせているように思われた。この人、この仏陀はその小指の端の動きに至るまで真《まこと》なのだ、この人こそ神聖なのだ。およそシッダルタにとって今までこれほどに崇敬した人はなく、これほどに親愛を感じた人は存在しなかった。

二人は町まで仏陀に従った、そして無言であとに返した、自分らは今日は食物なしですまそうと考えて。二人はゴータマが立ち帰るのを見た、彼が弟子たちの輪に取りかこまれて食事を取るのを見た——その口にした量は一羽の鳥をも満腹せしめないであろう——そしてやがて彼がマンゴーの樹下に退くのを見た。

しかし夕方、暑さがしずまり、屯《たむろ》する者ことごとくが息を取り戻して集合したとき、二人は仏陀が教えを説くのを聴いた。二人は彼の声を聞いた、その声もまた完全なものであった。完全な安静と平和に充ちていた。ゴータマは苦について、苦の由来について、苦を離脱する道について説いた。彼の物静かな説法は、やすらかに爽《さわ》やかに流れた。生は苦であり、世は悩みに充ちている、しかし苦を離れる道は見出された、仏陀の道を行く者は解脱《げだつ》を見出す。

おだやかな、しかも確固たる声で世尊は説いた、四諦《したい》を教え、八正道《はっしょうどう》を教え、辛抱強く、教説、例話、反覆などのいつもの方法に従った。明るく、静かに、彼の声は、光のごとく星空のごとく、聴く者の頭上に漂った。

仏陀が言葉を結んだとき――すでに夜になっていた――多くの遍歴者は進み出て、教団に加えられんことを乞い、教えに帰依した。そしてゴータマは彼らを受け入れ、こう言った。「汝《なんじ》らは正しく我が教えを聴いた、正しく我が教えは伝えられた。いざ歩み入れ。そして聖なる光の中を歩め、すべての苦を離脱し去れよ」

見よ、そのときゴヴィンダもおずおずと進み出た、そして言った。「わたしも世尊とその教えに帰依します」そして弟子の中に加えられんことを請い、請いを許された。

やがてまもなく、仏陀が夜の憩いに退いたとき、ゴヴィンダはシッダルタを顧みて熱しつつ言った。

「シッダルタよ、君を非難する資格はわたしにはない。我々はともに仏陀の声を聞き、ともにその教えを聴いた。ゴヴィンダはその教えを聴き、その教えに帰依した。しかし、畏敬する君よ、では君はともに解脱の道を歩むことを欲せぬのか。君はためらうのか。君はさらに待とうとするのか」

シッダルタは、ゴヴィンダの言葉を聞いたとき眠りから醒《さ》めたように我に帰った。じっと彼はゴヴィンダの顔を見つめた。それから低く、嘲《あざけ》りの響きを含まぬ声で言った。「ゴヴィンダよ、我が友よ、今や君は一歩を踏み出した、今や君は道を選んだ。おお、ゴヴィンダよ、いつも君は友としてわたしのそばを離れなかった、いつも君はわたしの一足後についてきた。ときとしてわたしはこう思った、ゴヴィンダがいつかはわたしなしで、自分自身の発意から、一歩を踏み出すようになることはないものだろうかと。しかし見よ、今や君は一個の男子となったのだ、そして自ら君の道を選んだのだ。願わくばその道を果てまで歩み通さんことを、我が友よ、そして解脱の境を見出さんことを」

まだ充分に友の心を悟らなかったゴヴィンダは、もどかしそうな声音でおのれの問いをくり返した。「言ってくれ、お願いだ、愛する友よ。言ってくれ、――そうならなくてどうしよう——君もまた、学識すぐれた君もまた、尊き仏陀に帰依しようと」

シッダルタはゴヴィンダの肩に手を置いた。「君はわたしの祝福を聞きもらした、おお、ゴヴィンダよ。もう一度くり返そう。願わくばこの道を果てまで歩み通さんことを。解脱の境を見出さんことを」

この瞬間ゴヴィンダは友が自分を棄てたことを悟った、そして激しく泣きはじめた。

「シッダルタよ」と彼は恨み叫んだ。

シッダルタは優しく彼に言った。「ゴヴィンダよ、忘れてはいけない、君が今は仏陀の沙門の一人であることを。君は家と両親を棄てたのだ、身分と財産を棄てたのだ、君自身の意志も棄て、友情も棄てたのだ。それをかの教えは求め、それを世尊は求め、そしてそれを君自身も求めたのだ。明日、おお、ゴヴィンダよ、わたしは君と別れるだろう」

なおいつまでも二人の友は林の中をさまよった、いつまでも二人は身を横たえたまま眠れなかった。そしてくり返しくり返しゴヴィンダは彼の友に、なぜ彼がゴータマの教えに帰依しようとしないのか、いったい彼はこの教えにどのような欠点を見出すのか、それを説明してくれと迫るのであった。しかしシッダルタはそのたびごとにそれをはねつけて言った。「安心し給え、ゴヴィンダよ。世尊の教えはこの上もなく立派なのだ、どうしてわたしがそれに欠点などを見出そう」

翌朝早く、仏陀の弟子たる最年長の僧侶の一人が園を廻《まわ》って、新来者として仏陀の教えに帰依した人たちのすべてを呼び集めた、彼らに黄衣を着せ、仏弟子としての最初の教義と規則を授けるために。その声に応じてゴヴィンダは友と袂《たもと》を分かった、もう一度この幼き日よりの友を抱擁し、そして新発意《しんぼち》の群に加わった。

シッダルタはひとり思いに沈んで林をさまよった。

と、彼はふと世尊ゴータマに会った、そして彼が恭々《うやうや》しく挨拶《あいさつ》したとき、仏陀の眼差しが溢《あふ》れるばかりの慈愛と静寂に充ちているのを見て、若者は勇気を揮《ふる》い起こし、彼に対して言葉を発するのを許されんことを請うた。無言のまま世尊はうなずいてそれを許した。

シッダルタは言った。「昨日、おお、世尊よ、わたくしは世尊の妙《たえ》なる御教えを聴く歓びを恵まれました。友とともにわたしは御教えを聴くためにはるばるとここへ参りました。そして我が友はいま御弟子として世尊の御許《みもと》に留まることになりました、世尊に帰依いたしたのでございます。しかしわたくしはまた新たに遍歴の途に上《のぼ》ろうとしておるのでございます」

「御身《おんみ》の望まれるままに」と尊者は鄭重《ていちょう》に言った。

「わたくしの申すことはあまりに向こう見ずなことでございます」とシッダルタはつづけた。「しかし、わたくしはわたくしの思っておりますことを率直にお伝えせずには世尊とお別れしたくないのでございます。どうか今しばし、わたくしに世尊の御耳《おみみ》をお貸し下さいますように」

無言のまま仏陀はうなずいて許しを与えた。

シッダルタは言った。「おお、至高の尊者よ、わたくしは御教えの中の一事を何ごとにもまさって讃嘆いたしました。世尊の御教えでは、いっさいが完全に明らかであり、明瞭に証示されております。完全な、けっして中断されることのない鎖、因と果より成る永遠の鎖として世尊は世界を示し給うのでございます。いまだかつてこのことがこれほど明瞭に観取され、これほど否定の余地なしに述べられたことはないのでございます。世尊の御教えを通して、この世界を、隙間なき、水晶のように明るい、偶然に支配されず神々に支配されぬ完全な聯関《れんかん》として眺めましたら、まことに、どんな婆羅門《バラモン》の心も、かつてないほどに高鳴るに相違ございません。世界が善であるか悪であるか、この世界の中の生活が苦であるか喜びであるかは、しばらく措《お》くことにいたします、おそらくそのことは主要事ではございますまい——しかし、世界の統一、いっさいの成生の聯関、大なるものも小なるものも、同じ流れ、同じ因果生滅の法則に抱擁されていること、このことこそ、世尊の尊き御教えにより、おお、至高の覚者よ、煌々《こうこう》と輝き出ているのでございます。さて、しかしながら、同じ世尊の御教えに従いますと、あの万物いっさいの統一と整合が、或る一つの点で中断されております。一つの小さい隙間を通してこの統一の世界の中へ、或る無関係なもの、新しいもの、前にも存在せず、また現在も明示し証明することのできぬ或るものが流れ入ってくるのでございます。その或るものとは世界の克服、解脱についての世尊の御教えでございます。この小さい隙間により、この小さい裂目《さけめ》により、永遠にして統一せる世界法則の全建築が再び毀《こわ》され廃棄されたのでございます。わたくしがこのような異論を申し述べますことをどうぞお許し下さいますように」

静かに、じっとゴータマは彼に耳を傾けていた。さてその慈愛に充ちた、懇《ねんご》ろな、明らかな声をもって、彼、無上覚者は語った。「御身は教えを聴かれた、おお、婆羅門の子よ、そして御身がかくも深くそれについて思いをめぐらしたことのめでたさよ。御身はその教えの中に一つの隙間、一つの誤りを見出された。なおもそれについて思いをめぐらされんことを。ただ、求知の心に燃ゆる人よ、もろもろの意見の迷路と、言葉の争いに陥ることなきよう、心されよ。大事なことは意見ではない、意見はさまざまにありうる、美しきも、醜《みにく》きも、また賢《さか》しきも愚かしきもある、意見はいかなる意見でも、何人《なんぴと》もそれに味方し、それに敵対することができる。しかしながら御身がわたしから聴かれた教えはわたしの意見ではない、そしてその教えの目的は、世界を求知の心に燃える人々のために解明することにあるのではない。その目的は別にある、その目的は苦悩よりの解脱である。これがゴータマの説くところである、他の何ものをも説いているのではない」

「おお、世尊よ、わたくしの非礼をお怒り下さいませぬように」と若者は言った。「世尊と争いを——言葉の上の争いを求めるために、わたくしは世尊にこのようなことを申したのではございません。まことに世尊の仰《おお》せらるるとおりでございます、大切なのは意見ではありません。しかしなおこの一事だけを申し上げることをお許し下さいませ、一瞬といえどもわたくしは世尊に疑いを挟《はさ》んだことはございません。わたくしは一瞬といえども、世尊が仏陀なること、世尊が目標に——幾千万の婆羅門や婆羅門の子が求めていまだ得ざる最高の目標に達せられたことを疑ったことはございません。世尊は死よりの解脱を得られました。世尊はそれを、世尊みずからの求道《ぐどう》により、世尊みずからの道程により、瞑想により、沈潜により、認識により、開悟により得られたのでございます。教義によって世尊はそれを得られたのではございません。そして――これがわたくしの考えでございます。おお、尊者よ――何人《なんぴと》にも解脱は教義によっては授けられぬのでございます。何人にも、おお、世尊よ、世尊は言葉と教義によって、世尊の成道《じょうどう》の瞬時に世尊の心に起こり給いしことを、伝えまた語ることはできないのでございます。正覚《しょうがく》に輝く仏陀の御教えは多くの内容を含み、多くの者に、正しく生き悪を避けよと教えられます。しかしながらこの明らかな尊き御教えの中に含まれぬただ一つのことがございます。その御教えには、世尊御自身が体験し給いしこと、百千万人のうち世尊のみが体験し給える秘奥《ひおう》は含まれていないのでございます。これが御教えを聴きながら、わたくしの考え、悟ったことでございます。これがわたくしがわたくしの遍歴をつづける理由でございます――けっして他の、よりよい教えを探すつもりはございません、――これ以上のよい教えがないこと、それをわたくしは承知しております、――いいえ、あらゆる教えとあらゆる師とを去って、ただひとりでわたくしの目標に達すること、然《しか》らずんば死することがわたくしの意図でございます。しかし、いつまでもわたくしはこの一日を忘れることはございますまい、おお、世尊よ、そしてまたわたくしの眼が聖者を仰ぎ見ましたこの現在の尊き瞬間を」

仏陀の眼は静かに地を眺めていた、彼の究めがたき奥深い顔は完全な平静を湛《たた》えて輝いていた。

「御身の考えの誤りならざらんことを」と尊者は静かに言った。「御身が目的を達せられんことを。しかし御身は教えに帰依した我が沙門、我が多くの兄弟たちの群を見られたであろうか。しかも御身は、見知らぬ沙門よ、御身は、これらすべての人々が教えを棄て世俗と悦楽の生活に戻ることが、よりよい道であると思われるのであろうか」

「それは思いも寄らぬことでございます」とシッダルタは叫んだ。「この人たちすべてが御教えに留まり、この人たちすべてが彼岸《ひがん》に達すること、これほど望ましいことはございません。他の人の生活を批判するのはわたくしの分を越えたことでございます。ただわたくし自身のために、わたくし一個のために、わたくしは批判しなければならぬのでございます、事を選び、または斥《しりぞ》けなければならぬのでございます。おお、世尊よ、自我からの解脱をわれわれ沙門は求めているのでございます。もしわたくしがいま世尊の御弟子に加わりますならば、おお、尊者よ、わたくしの自我はただうわべだけ、見せかけだけ安静を得、解脱に達するだけで、じつはその自我は生きつづけ、いっそう増大していくのではないかと恐れるのでございます。なぜなら、その場合、わたくしは世尊の教え、世尊への師事、世尊への愛、僧たちの教団を、わたくしの第二の『自我』と認めてしまうでございましょうから」

なかば微笑を浮かべながら、不動の明澄《めいちょう》と親しみとをもってゴータマはこの見知らぬ青年の眼に見入った、そしてほとんど認めがたい身振りで彼に別れを告げた。

「御身は賢い、おお、沙門よ」と尊者は言った。「御身は賢くもの言うすべを心得ている、友よ。ただ、あまりに大いなる賢さを心せられよ」

仏陀は歩み去った、そして彼の眼差しとなかばほほえんでいる面持ちとは、永久にシッダルタの記憶に刻みこまれた。

自分は今まであのような眼差しをし、あのようにほほえみ、あのように坐し、あのように歩む人を見たことがない――とシッダルタは考えた。わたしもあのように真実な眼差しをし、あのような真実をもって、ほほえみ、坐し、歩むことができるようになりたい、あのように自由にそして聖《さと》く、あのように奥深くそしてあからさまに、あのように天真にそして神秘に。自己の内奥に達した人のみが、あのような真実な眼差しをもって見、あのような真実な歩みを歩むことができるのだ。よしさらば、自分も我が自我の内奥に達せんことを努めよう。

一人の人間を自分は見た、とシッダルタは考えた、その人に対しては自分が眼を伏せなければならぬただ一人の人を。他のいかなる者に対しても自分はもはや眼を伏せまい、他のいかなる者に対しても。他のいかなる教えももはや我を誘うことはないであろう、この人の教えさえ我を誘わなかった上は。

仏陀は我から奪った、とシッダルタは考えた。仏陀は我から奪った、しかもそれ以上をわたしに贈ったのだ。彼はわたしからわたしの友を奪った、かつてはわたしを信じたが今は彼を信じ、かつてはわたしの影であったのに今はゴータマの影となったわたしの友を。しかし彼はわたしに贈った、シッダルタを。わたしにわたし自身を贈ってくれたのだ。

覚醒

シッダルタが、覚者仏陀の留まっている林、ゴヴィンダの留まっている林苑《りんえん》を後にしたとき、彼はこの園の中におのれの今までの生活も留まって彼自身から分離し去ったことを感じた。ゆっくりと歩みを運びながら、彼は彼の心を充たしているこの感じに思いをひそめた。深く彼は思いをひそめた、深い水中をくぐるように、彼のこの感じの底にまで、その感じの原因の坐着している深処にまで沈んで行った。なぜなら、原因を認識すること、そのことこそ思索であると彼には思われたから。それによってのみ感じは認識となり、もはや失われることなく、実体を具《そな》え、中に蔵する本質を放射しはじめてくるのである。

ゆっくりと歩みを運びながらシッダルタは思いに耽《ふけ》った。彼は確認した、自分がもはや青年ではなく一個の成人となったことを。彼は確認した、蛇から古い皮が脱落するように、或るものが彼から脱落し去ったことを。彼の青年時代をつらぬいて彼につきまとい彼を離れなかった或るものが、今や彼の中に存在しなくなったということを。——即ち、師をもち、教えを聴こうとする願望である。彼の進路に現われた最後の師、最高の賢者たる師、至上の聖者、仏陀をさえ彼は棄てたのだ、仏陀からさえ彼は離れなければならなかったのだ、仏陀の教えをさえ彼は受用することができなかったのだ。

いっそうゆっくりと彼は思いに耽りつつ歩み、我みずからに訊《たず》ねかけた。「しかし、お前が教えや師から学ぼうと思っていたことはいったい何だろう。お前に多くのことを教えてくれた人たちが、ついにお前に教えることができなかったものは何だろう」――彼は知った。「即ちそれは自我なのだ、自我の意義と本質をこそ自分は学ぼうと願ったのだ。自我――それを離脱し超克しようと願ったのだ。しかし自分はそれを超克することができなかった、ただそれを欺き、それから遁《のが》れ、それに対して身を隠すことができたばかりだ。まことに、世のいかなる事物も、この自我ほどわたしの思いを疲らせたものはなかったのだ、わたしは生きており、他のあらゆる人とは別なものであり隔離している、わたしはシッダルタである、というこの謎《なぞ》ほど、わたしの心を疲らせたものはなかったのだ。しかも、世のどんな事物よりも、わたしはこのわたし、このシッダルタについて知ることが最も少ないのだ」

思いに沈んでゆっくりと歩みを運んでいた彼は、この思いに捉えられて、立ち止まった。と突然この思いから一つの他の思い、新しい思いがひらめいた。即ち、「わたしがわたしというものについて何も知らぬということ、シッダルタという者がわたしにとっていつまでも未知の存在であるということ、それは一つの原因、ただ一つの原因から来ているのだ、わたしがわたし自身を怖《おそ》れ、常にわたし自身を避けているということから来ているのだ。真我《アートマン》をわたしは求めた、梵《ブラフマン》をわたしは求めた、わたしはわたしの自我を砕き、殻を破り、その未知の内部から、あらゆる殻の核心、真我《アートマン》、生命、神性、究極なるものを探り取ろうとしていた。しかもそのときわたし自身というものは、わたしの手から逃げ去ってしまっていた」

シッダルタは眼《まなこ》を開いてあたりを見た。或るほほえみが彼の顔を充たした、長夜の夢から醒《さ》めたという深い感情が、彼の全身に、足の指先にまでもみなぎった。そしてただちに彼はまた歩きはじめた、走り出した、自己のなすべきことを知った人のように。

「おお」と彼は胸の底から深い大きい息を吐きながら考えた。「もうわたしはシッダルタを自分の手からすべり抜けさせはしない。もうわたしは真我《アートマン》や世界苦相手にわたしの思索や生活を始めるようなことはしない。もうわたしは自分を殺したり砕いたりして、そのかけらの中に神秘を探るようなことはしない。もはやヨーガ経に教えは受けない、アタルヴァ・ヴェーダにも、苦行者にも、いかなる教えにも教えは受けない。わたし自身を師にしてわたしは学ぶのだ、わたし自身の弟子となるのだ、そしてわたし、シッダルタという秘密を知ることを学ぶのだ」

今はじめて世界を見るように彼はあたりを見廻《みまわ》した。世界は美しかった、世界は色とりどりであった、世界は奇異で謎に充ちていた。ここには青があった、ここには黄が、ここには緑が。空が流れ、河が流れていた、森が静まり、山が坐していた。いっさいは、美しく謎に充ち、不思議であった、そしてそのただ中に彼、シッダルタ、目醒めた者が、彼「自身」への道を歩んでいる。これらのいっさい、この黄、この青、この河、この森が、初めて彼みずからの眼を経てシッダルタの中へ入って来た、それはもはや魔羅《マーラ》の幻術ではなく、迷妄《マーヤー》のヴェールではなかった。多様をおとしめて一を求める深遠な婆羅門《バラモン》たちの軽蔑する、無意味な偶然な現象界の多様さではなかった。青は青であり、河は河であった。そして、シッダルタの心に捉えられた青と河とには、一にして神的なものがひそみ生きているのではあるが、ここに黄があり、ここに青があり、かしこに空があり、かしこに森があり、ここにシッダルタがあるというそのことこそが、神的なものの実相であり意義であった。意義と本質は事物の背後にあるのではなかった、それは事物の中にあり、いっさいの中にあるのであった。

「何と自分は愚かであり、盲目であったろう」とひたすら足を速めながら彼は考えた。「人が書物を読んでその意義を求めようとするとき、彼はその記号や文字を軽蔑はしない、それを欺瞞《ぎまん》、偶然、無価値な殻と呼びはしない、彼は一字一字たどってそれを読み、学び、愛するのだ。しかるにわたし、世界という書物と、わたしという書物を読もうとしたわたしは、あらかじめ自分の予想した意義に捉われて、その記号と文字を軽蔑した、世界を現象の迷妄《マーヤー》と呼び、わが眼、わが舌を偶然で無価値な仮象と呼んだ。否《いな》、そのことはもう過ぎ去った、わたしは目醒めた、わたしは真実目醒めた、今日はじめてこの世に生まれたのだ」

シッダルタがこれらの思いを思いつづけているとき、彼は再びはたと立ち止まった、行手《ゆくて》に蛇が横たわっているように。

なぜなら、彼には次の一事も忽然《こつぜん》と明らかになったからである。真に目醒めた者であり新たに生まれ出た者である彼は、彼の生活を新たに、完全に初めから始めねばならないのだ。彼が今朝、すでに覚醒を開始しつつ自己自身への旅を始めて、祇園《ぎおん》の林、かの仏陀の園を後にしたときには、難行の数年を経た今、再び故郷へ帰り、父のもとへ帰ることが彼の意図であった、それは、彼にとって自然であり自明のことであるように思われたのだ。しかるに今、一匹の蛇が行手に横たわっているように彼が立ち止まったこの瞬間に初めて、彼はまた次の認識に目醒めたのであった。「わたしはもう以前のわたしではない、わたしはもう苦行者ではない、僧侶《そうりょ》ではない、婆羅門ではない。では今さら家に戻って、父のもとに帰って何をなすべきか。学問することか。犠牲を捧げることか。禅定《ぜんじょう》を修めることか。これらはすべてもう過ぎ去ったことだ、これらすべてはもうわたしの道ではない」

じっとシッダルタはたたずんだ、そして一瞬一気息の間、彼の心臓は凍《こご》えた、自分が今いかに孤独であるかを悟ったとき、彼はその心臓が自分の胸の中で、小さな動物、鳥か兎《うさぎ》のように凍えるのを感じた。幾年《いくとせ》も彼は故郷を離れていて、しかもそれを感じはしなかった。今やそれを感じたのだ。常に彼は、この上なく幽邃《ゆうすい》な禅定の秘境にあるときさえ、彼は父の子であった、婆羅門であった、身分高い、精神界の住者であった。今はただ覚醒したシッダルタであるにすぎない、それ以外の何ものでもない。深く彼は息を吸いこんだ、そして一瞬間凍え、身ぶるいした。彼ほどに孤独な者はなかった。貴族は貴族の群《むれ》に属し、職人は職人の群に属して、そこに安住を見出し、同輩と生活や言葉をともにしているのである。婆羅門は婆羅門の群に属してそれとともに生活し、苦行者は沙門の階級に属して安住の地を得るのである。森の中に棲《す》むよるべなききわみの隠者でさえ独りぼっちではない、彼もまた結社に護《まも》られている、彼もまた一つの階級に属していて、その階級が彼の故郷なのだ。ゴヴィンダは僧侶となった、そして幾千の僧侶が彼の兄弟であり、彼と同じ衣を着け、彼と同じ信仰を信じ、彼と同じ言葉を語っているのだ。しかし、彼、シッダルタは何に属しているのか。彼は何人《なんぴと》と生活をともにするのか、何人と言葉をともにするのか。

この瞬間、周囲の世界が彼から消え去り、独り彼が天上の離れ星のように立ったこの瞬間、この悪寒《おかん》と意気消沈の瞬間の中から、シッダルタは浮かび上がった、以前より、より多く「彼」となり、より確固と「自ら」に凝集して。彼は感じた、これこそ覚醒の最後の戦慄《せんりつ》であり、誕生の最後の痙攣《けいれん》であったのだと。そしてただちに再び歩を踏み出した、足早に、性急に、歩み出した、そしてもはや再び家を、父を、後ろを、顧みなかった。

第二部

日本にある我が従兄《いとこ》
ヴィルヘルム・グンデルトに捧ぐ